여름은 호박처럼 늙고

여름은 호박처럼 늙고

초판 1쇄 발행   2023년 2월 10일

지 은 이   한기수
펴 낸 이   한승수
펴 낸 곳   문예춘추사

편   집   이상실
디 자 인   박소윤
마 케 팅   박건원, 김지윤

등록번호   제300-1994-16
등록일자   1994년 1월 24일
주   소   서울특별시 마포구 동교로 27길 53, 309호
전   화   02 338 0084
팩   스   02 338 0087
메   일   moonchusa@naver.com

I S B N   978-89-7604-575-1 03810

여름은 호박처럼 늙고

한기수 시집

문예춘추사

시인의 말

칡넝쿨 가시넝쿨
헤치며 살아온 생
아득한 그 옛날이
꿈같은 인생인걸
걸음마다 시리다

폭풍우 이는 날도 눈보라 비탈길도
지나간 그 옛날이
끈질긴 인생인걸
저마다 빛[光] 지고 가다
흙이 되는 사연을

여기까지 오도록 이끌어주신 문복희 교수님과
응원해준 〈울림시〉 동인 여러분, 출간을 독려한
딸과 아들에게 진심으로 감사드린다.

2023년 새해에
우석 한기수

차
례
—

제1부
여름은 호박처럼 늙고

제2부

삶과 세월

제3부

고향

제4부

열 길 물속

제1부

여름은 호박처럼 늙고

여름은 호박처럼 늙고

말매미 쓰름매미 울음소리
여름의 깊이를 더하는 한낮
정자나무 그늘 아래
아버지 담뱃대에선
들녘의 벼꽃 냄새 피어오르고
애호박 부침개 사발 농주
등걸잠 깊다

떠나보낸 자식들 조바심으로
족답기* 돌리는데
여름은
땀방울 깊은 주름 하나 더 남기고

울타리의 넝쿨 호박
늙어가는…

* 발로 디디는 힘을 동력으로 돌리는 기계

모내기

큰딸 시집보내는 마음으로 모를 찐다

두레꾼 손놀림 덩달아 달뜬다
굽은 논두렁 비틀대는 새참 행렬
누렁이 앞서 비틀댄다

풍년들면 은실이 둥지 틀어줄 요량으로
은실 아비 첫술 밥 고수레, 들판을 어우르고

내 마음 먹장구름 첩첩 겹겹
아래 논 수렁 저 백로
어쩌라고 나처럼
외발 도리질 저리 하는지

환경이 살아 있어야

이글이글 타오르는 폭염 아래
아산평야 넓은 들판
논배미에 엎드려 호미 김매는 사람 있다
정농을 해야 사는 길이라고
무농약 농사를 지어야 한다며
아시 파고 두벌 파고 세벌은 자라등 손으로
논바닥을 훔치는 이시우, 옹 있다

그는
세 발 달린 송아지를 보았고
기형아 탄생을 보았다
논에 미꾸리 거머리 없어진 지 오래
지느러미 활처럼 굽은 물고기를
그는 보았다

환경이 살아 있어야 한다고
제초제, 농약을 치면 안 된다며
논밭 잡초를 호미로 매는 그 농부

어정칠월은 없어도
팔월동동은 길 것이다

산자락 씻어 올리는 안개구름
농부의 가슴 쓸어 올린다

허수아비

한시도 쉬지 않고 팔 벌려 지킨 들녘
초가을 새 떼들은 허수아비인 줄 몰랐을까
날마다 팔등신처럼 두 팔 벌려 웃는다

한여름 폭염 속 두렁에 다리 심고
비바람 폭우에도 끄떡없었지
단벌옷 낡아지면 다시는 못 볼 세상

품었던 황금 들녘 풍년 농사 거두니
텅 빈 다랑이 논 쓸쓸한 허수아비
그제야 새 떼들도 속았다고 재잘댄다

하지의 고드름

지붕 추녀 끝
땅을 향해 줄 선 고드름

땅과 가까워지려는
지독한 오기 어디 그뿐인가

한겨울
바다를 말리는 황태 덕장
꼬리를 키우는 고드름

오이밭 오이
가지밭 가지

고추밭에 주렁주렁
하지의 고드름

가을이 오면

아람 떨어진 휑한 자궁
산야는 조만간 구조조정에
들어가게 될 것이다

인생도 저와 같아
순리의 계절을 누가 막으리
고스란히 자기 빛깔로 안고 가야 하는
빌려 쓴 우산처럼 돌려줘야 하는

길을 트면

매화나무 가지에 물줄기 길을 트면
새봄이 입덧하듯 꿀벌이 꿀을 따듯
화창한 봄날 오면 눈부신 날도 좋아라

화분

겨우내 따스한 눈길 한 번 주지 못한 것이
참으로 죄스럽구나

엄청난 추위에도
베란다 한켠
꽃대를 잉태하느라
얼마나 고통앓이를 했을까

소리 없이 올라오는 꽃대를 보며
이제사
물그릇을 들고 네게로 가는
면목 없는
신음조차 부끄러움

모질게도 너는
해내고 말았구나
이긴 용사처럼

철쭉 꽃

철쭉 흐드러진 저 산등성
나그네는 길 몰라 꽃만 보네
오월에 초록 꿈 온데간데없으니
차라리
저,
떨어지는 꽃잎이어라

미루나무

산자락 둑방 망대
용사처럼 버틴
오월 엽록의 잎사귀
태양 빛에 눈부시다

까치네 문패를 단, 지난 몇 년
둥지, 올해도 새 생명 얻으니
까치 내외 분주히 물어 나른다

둥지의 세월
봄바람 불고 산발 비 내려도
길게 누운 달그림자
달빛마저 마음 시린 밤

미루나무 우듬지 바람 타고
노고지리 빈 하늘 자맥질
나무는 깊은 가슴
나이테 하나 더 새기는 역사를 만들고

행운목

유성기 바늘처럼
흰 뿌리 내린 토막

이십 년 지난 세월
시련도 많았지만

보란 듯
이렇게 한 길
몰라보게 자랐구나

경매로 가세 기울었을 때
바람처럼 이리저리 이사로 떠돌아도
늘 식구와 운명을 같이한 너

꽃대
밀고 나와
금의환향하였구나

감나무

청계천 나무 시장 눈 못 뜬 어린 묘목
감나무란 이름표 아직은 어설프지만
먼 훗날
감꽃이 피면
담장 안이 환하리

비바람 몰아칠 때 하르르 날린 감꽃
수상한 시련 견뎌 홍등을 달았구나
가을이
저문다 해도
혼절(昏絶)하지 말거라

두릅나무

큰 주먹 들고 나와
위엄을 보이더니

해마다 겪는 시련
올해도 마찬가지

어쩌면
눈길 한 번도
안 간 곳이 없구나

달맞이꽃 있었네

천년송 어우러진
월정사 가는 길

바람만 스쳐 가도
그리움 젖은 날들

그리다
그리다 핀
달맞이꽃 있었네

구절초

내 어릴 적 어머니 약에 쓴다고
구봉산 깊은 산속 온종일 헤매어
댕댕이 바구니 가득
구절초 캐오셨네

용문사 절터 아래 옥양목 펼쳐지듯
새하얀 구절초꽃 눈부시게 피었구나
옛날에 귀하게 쓰이던 약초

구절초꽃을 보면 어머니 생각에
오늘도 용문산에 구절초 보러 간다

하얀 꽃 하나하나
어머니 얼굴이네

대추나무

해거리하던 대추나무 올해는 꽃이 피었네
농부의 환하게 웃는 얼굴
밑거름
푹 질러주면
가지 휘청 열리리

겨울 蘭

섣달 그믐밤
고요함도 고요한데
줄불은 껌뻑껌뻑
유리창은 쭈룩쭈룩
난 꽃대
탐스레 동이 서는
雪寒風 틈 사이 바람
꽃대를 시리게 하는
차가운 화분
노도(怒道) 같은 수련
봄비에 개똥 풀릴 때 되면
벌써부터
다투어 봉오리 터트리는
환한 몸짓으로
세상을 이기었노라고

용문산 은행나무

태고의 마른 가지 거꾸로 박혀
역사의 기적인가 염불 소리 들으며
수많은 이들의 바람 듣는 은행나무 되었네

먹은 물 수만 드럼
삼킨 바람 수만 채
그 누구 나무를 나무라고 말을 할까
누대의 수천 년을 꿈꾸는 은행나무

흔들리며 오는 봄

봄은 양손에 아지랑이 흔들며 아스팔트 먼발치서 달려
온다

높은 하늘 자맥질하는 종달새
새파란 울음 실어 봄소식을 전하는
얼음장 밑으로 버들가지 꿈꾸던 날들

자연농원 백만 송이 튤립 흔들리고
벚꽃 삼십 리 길 함박눈 내리는데
천성산 진달래 나풀나풀 자태로 흔들릴까
가는 곳 눈길 닿는 곳마다 꽃의 향연

이렇게 좋은 날에
벌 나비 풀풀 분주한데
알록달록 영롱한 새들 노래
정녕 봄은 이렇게 오는 것을

봄이 오는 소리

을씨년스럽게 밤새 날 짓궂더니
먼 구봉산서 세찬 눈송이 밀려와
칠흑 같은 눈가림 속에
새털같이 가벼운 몸짓의 위장술로
어둔이골 노송의 입이 쩍 벌어져
하얗게 쏟아내던 질린 속내
송진으로 빚어내니

산신도 어이없어 할 말을 잊은 듯
명월조차 엄동의 눈 속에서 몸서리쳤다

수정사 인경 소리에 미명 깨지고
방구들 식어가는 새벽녘
꿈틀대는 속세의 긴 하품은
일년지계의 꿈을 꾸는
머슴의 가슴으로 깨어나
얼음장 밑 이무기 울던 저수지에
뽀얀 기지개 피어나고

각골 논자리에 개구리 몸 푸는 소리

박새, 참새 영롱한 소리

하늘가에 번져

어느새 봄의 합창을 한다

가을 편지

맨 처음 가슴 설레게 했던
뽕잎 따며 꿈을 키우던 사람아

생의 친구가 되어준 이
뭉클한 가을 편지 쓰고 싶어요

지금은 어디에서 뭘 하고 있는지
가끔 내 생각도 하는지

나무들도 형형색색 옷 갈아입고
나서는 가을
송사리처럼 몰려다니며 쌓이는 낙엽

사랑할수록 더 보고픈 사람아
눈 흘레라도 흠뻑 빠지고 싶은 이여

휘청이며 걸어온 길 노을이 섧구나

망종과 하지

입춘이 오면
오금 저리던 하얀 보리 뿌리에 피돌기 시작된다

보리밭은 이랑마다 어녹인 춘설이 완연한데
파릇파릇한 보리 싹은 벌써부터
오뉴월에 튼실한 이삭을 만들기 위해
가지 칠 궁리와 밀어올릴 밑대를 준비할 것이다

호미 끝에 찔린 곡우
보리 이삭 통통 살이 오르면
목대를 꺾어 가마솥에 들들 볶아
망종과 하지를 견뎌내던 보릿고개

반세기를 넘긴 사람은 누구나
갈급하게 기다리던 가난한 사람들의
만나*였을 것이다

텅 빈 쌀독

한숨만 가득 하던 그 시절

어린 손자의 말

무등 탄 손자가 가슴을 툭툭 친다
할아버지 뒤에 영어사람 온다고 한다
누군가 하여
뒤돌아보니
카메라를 맨 외국인

할아버지!
할아버지 콧속에 거미줄 쳤다

코털도
거미줄로 보이는
천진한 어린 손자

제2부

삶과 세월

삶과 세월

바다는 밤샘 배앓이로
이글거리는 태양을 하늘로 밀어 올린다
세상에 나오기 전부터 낮달의 행적을
지울 궁리를 끝낸다

갈매기는 고깃배를 열심히 따라가고
밤새 채운 배는 물살을 가르며 대포항에 들어선다
벼린 날들은 고무통 속에서 양은다라 속에서
아낙의 가슴속에서 오늘 하루치를 갉아먹을
궁리를 한다

낮과 밤
그렇게 해넘이는 세월을 가자 한다

산성에 부는 바람

꽃바람
안개바람
색동바람
눈바람
남한산성에 불던 바람

육비(肉碑)에 새긴 세월
청나라 창끝에 떨고 있는
소현세자 봉림대군이
볼모로 좌초될 때

仁組의 곤룡포는 산산이 찢어지니
성문은 무너지고 장수는 창을 놓고
적진에 술과 고기와 은합을 보냈으니
산성의 밤하늘엔 기러기만 외롭구나

아…!
역사는 가고 오고
인걸은 나고 죽고

북소리

청상(靑孀)으로 홀로 서서 새끼들 그러모아
평생을 자맥질한 영혼의 진달래꽃
사월
가시는 길
산마다 취했구나

북소리 선소리에 새 장막 새로 짓고
오호라 달구야 천년만년 호달구
산까치
울고 넘는 구름아
너도 알고 나도 알지

챙기지 못한 날들 다하지 못한 불효
이렇게 억장이 무너지는 일일 줄이야
억겁의
풀 수 없는 연
이어지는 실타래

인생 1

칡넝쿨 가시넝쿨
헤치며 살아온 생

아득한 그 옛날이
꿈같은 인생인걸

잡힐 듯
보이지 않는
걸음마다 시리다

인생 2

칡넝쿨 가시넝쿨 헤치며 살아온
아득한 그 옛날이 꿈같은 인생인걸
잡힐 듯
보이지 않는
걸음마다 시리다

폭풍우 이는 날도 눈보라 비탈길도
지나간 그 옛날이 끈질긴 인생인걸
저마다
빛[光] 지고 가다
흙이 되는 사연을

월정사 가는 길

월정사 가는 길에 달맞이꽃 반겨주고
늘어선 포장마차 호객하는 아낙네들
동동주 찹쌀막걸리 한잔하러 오시란다

조껍질 벗겨 빚은 술도 있고
조껍데기 술도 있단다
더덕주 조깐 술에 취객들 허튼소리
수줍은 달맞이꽃은 몸 둘 바 모르고

내가 여기 있나이다

주님 앞에 고해성사로 서게 하소서
숨기고 있는 죄악 모두 털어놓고 기도하게 하옵소서
이 길만이 사는 길임을 알게 하소서

위장술에 능한 믿음을 발가벗겨 세우시고
더럽고 추한 오장육부를 말끔하게 하여
약한 손일지라도 주님을 꽉 잡을 수 있는 용기를 주옵소서

투명한 영혼의 옷을 입고
주님 유혹에 흠뻑 빠져들게 하시고
세상 그 무엇과도 바꿀 수 없는
이긴 자의 삶을 살게 하소서
행여 하나님을 채무자로 알게 하지 마시고
행여 내가 채권자로 착각하지 말게 하옵소서
예서 주저하지 말고 위만 보고 가게 하옵소서
주여 내가 여기 있나이다

2010. 5. 19 수요일

도라지꽃

아파트 담장 밑에 연보라 도라지꽃
따스한 햇살 아래 곱게도 피어 있네
울 어머니
씨 뿌릴 때
엊그제 같았는데

하늘에 계신 엄니 꽃 보러 오신다면
내 오늘 단장하고 꽃 옆에 앉아 있으리
울 엄니
미소 띤 얼굴
꿈에라도 좋으리

지난 꿈

피고 진 자리마다 옛날이 그립다
한번 가버린 그 자리 돌아올 줄 모르고
목줄기 길게 빼 들고 하늘만 쳐다본다
흐르는 것이 어찌 세월뿐일까
인생의 한 자락 흐르고 밀려가도
지는 해 붉은 노을이 빠른 건 세월인데
산 너머 산이 있고 강 너머 강 있어도
강산은 유구하고 먼저 온 건 세월인데
재주를 넘고 넘어도 그 자리가 제자리

천륜

처녀 공출한다는 소문이 흉흉하던 때
일제강점기 적 이야기
열여덟 어린 외동딸 어찌 될까
전전긍긍 고민하다
부초처럼 객지로 떠돌던
나이 많은 노총각 붙들어 앉혀
데릴사위 삼으셨네

여린 봉오리 철렁 가라앉는 족쇄
밤만 되면 떨고 있는 꽃잎
그래도 처녀 공출하는 것보다
백번 천번 잘했다고
큰소리치는 아버지

봄나물 캐기, 고무줄놀이 하거나
동네 총각들과 어울리면 절대 안 된다며

깊은 속울음 우는 아버지

오월 어느 날

대통밥에 녹두전, 참이슬 한 병 용문산자락 식당
쾌청한 날씨에 봄꽃들 화사합니다
얼마 만인지
녹두전, 이슬 한 잔에 기분 좋아지는
아내를 보니 미안한 생각이 듭니다

천년을 넘게 지켜온 은행나무
용문사 대웅전은 한시도 외면한 적 없었을 겁니다
초파일 연등은 마당 빼곡 주인 기다리고
그날이 오면 리본 달며 영생 극락을 발원하겠지요
소원지에 적힌 글
천년 넘도록 저 나무는 읽어보았겠지요

마당 끝자락에 서 있는 은행나무
영생 따로 없다고 말해주듯
지나온 날이 억겁의 세월이었어도
앞으로 천년 수 누릴 것 같아
절로 고개 숙여집니다

폭설 1

창밖에는 탐스러운 눈송이 소낙비처럼 내린다

일기예보에서는 폭설주의보를 알리고
농어촌에서는 시설물 관리에 주의하라는 당부도 한다

밤새도록 내린 눈은 무릎까지 쌓여
사십여 가구 남짓한 시골 마을
마을 길 뚫어야 한다는 이장님 말씀
확성기 쩌렁쩌렁 새하얀 아침을 깨운다

제설작업에 땀 흘린 주민들 몸 풀린 김에 토끼사냥 가는데
산짐승 잡을 때는 잠을 깨워 사냥해야 한다는 어른들,
토끼몰이 소리 절창이다

며칠 굶은 산짐승 마을로 내려오기도 하는데
먹을 것을 주며 보호하는 인간의 도리는 배운다

떼지어 사냥해서 잡을 때는 언제고
인가로 내려온 산토끼에게 시래기 갓을 던져주는 철학

폭설은 그냥 폭설이 아니라 이정표 없는 삶이다

폭설 2

소리 없이 내려 쌓였을 뿐인데
천년송 가지 견디지 못해 기어코 허연 속살을 드러냈다

이착륙이 두절된 비행장에서
님 오길 기다리는 연인아
옹골차게 내린 눈이 희다 못해 슬프구나

산짐승도 사나흘 굶고 나면
마을로 내려갈 채비를 하고
꿩 한 마리 벌써 마당까지 내려와
반짝이는 눈으로 거동을 살피면
잡곡 한 움큼 던져주시던 어머니

깊어가는 겨울밤

뒷동산 부엉이 이슥토록 울어대고
달빛 내려앉은 초가집 행랑채
사랑방 어르신들
묵 내기 국수 내기
밤새는 줄 모르고
농한기 긴긴밤을 아우른다

사랑방 벽에 매달린 메줏덩이
쿰쿰이 뜨는 내음 풍지로 스미면
할아버지 장죽에 댓진 끓는 소리
희미한 등잔불도 졸고 있는
가끔 들리는 부엉이 울음
쩍쩍 결빙 옥죄는 소리

질긴 세월

까막까치 우지짖는
내 고향 동구 밖

석양빛 노을 따라
감도는 질긴 세월

흐르는 것이
어디 세월뿐이라더냐

노을

푸르던 시절 지나
붉게 타는 저녁놀

나목의 스친 바람
풍지에 새어들면

어머님
인기척 소리
바람 타고 오시네

심산유곡

심산유곡은 언제나 내 안에 있었나니
어릴 때부터 안고 다닌 큰 산이었네
언제나
실 울음 들린
소리소리 들으면

좋았던 내음 내음이 골이 되어
깊은 울음 강물 되어 흐른다 해도
후회는 소용없는 일
어리석은 사람아

낙타

백성이 하나뿐인
나만의 나라에는

갈수록 사막의 길
낙타도 없는 나라

우장창
소낙비라도
내렸으면 좋으리

피서와 극락

용문산 계곡 따라 돗자리 즐비하다
물소리 사람 소리 시원한 매미 소리
흐르는 하루치 소리 저문다

전기차 조용하게 불자들 실어 나르고
경내의 염불 소리 극락이 따로 없네
내 안 끓는 욕망 부처님께 펼쳐 뵐까

부활절에 부쳐

교회는 교회다워야 하고
예배는 예배다워야 하는데

성경의 노예 되기보다
성령의 노예 되어야 하는데

좁은 길 외치면서
넓은 길 가려 하는

진실보다 앞선
보여주는 퍼포먼스
세상이여
무늬만 화려한 노래여

부활의 노래여

만약에

기우제를 올리고 풍어제를 올린다고
단비가 내리고 만선이 될 수 있다면
지워도
지워지지 않는
싱겁지 않을 세상

흘러간 순간마다 사랑을 노래하며
빌려 쓴 짧은 세월 순간에 백발 되니
지워도 지워지지 않는
싱겁지 않을 세상

제3부

고향

고향

논두렁 밭두렁은 옛 모습 그대로인데
슬레이트 낡은 지붕 행랑채 기울었고
동산에 초승달 보니
옛 친구 새롭구나

과수원 자리에는 제약회사 들어서고
구룡목 산자락 황톳길 간 곳 없어
저리도 바쁜 세상
자동차가 말해주네

훈장어른

매년 대동계 날이면
계통문을 쓰시는 훈장어른
장날이면 두루마기에 중절모 쓰고 장에 가신다

꽁치 대여섯 마리 칡 끈에 동여 들고
술 취한 걸음 따라
비릿한 두루마기
휘젓는 갈지자걸음
남은 몇 마리

출생신고 사망신고 동리 대서인
대접 술에 취하고
취한 술에 또 취해
동리 어귀부터
그 큰 껄대청* 쩌렁쩌렁한데
풋대추 흐드러진 모롱이쯤
마나님 조마조마한 가슴

해장국 끓이는 아침이면
시퍼런 눈두덩이
마나님 사랫길** 따라 야채 밭 간다

훈장어른 꽃상여 타시던 날
마을 상조회원 모여
요단강 길 배웅하는
마나님 통곡 소리에 마을 아낙 함께 울던

그날 밤 소쩍새 울음 유난하였다

* 목청
** 논이나 밭 사이로 난 좁은 길

068

소 팔러 가던 날

장날 아침
이른 새벽 콩과 보리쌀 넉넉히 넣어 쇠죽 쑤어
배 빵그레지도록 먹이고
털 반질반질하게 빗질하고
굴레도 새로 짜 한 인물 나게 하고
장으로 끌고 가시는 아버지

백암장 쇠전에 들어서기 전
중개인이 고삐 가로채 끌고 가며 하는 소리
어떤 놈이 먹였는지 소 참 좋다
쇠 방둥이를 사정없이 손바닥으로 후려치며
쇠전거리로 몰고 간다

얼마면 돼?
석 장 반

흥정이 한창인데
소가 꽁지를 치켜들고 설사를 한다
아침에 먹인 것들 다 쏟아낸다
아버지, 영락없이 물먹은 얼굴이다

소악산

땔감 떨어지면 지게 지고 숨어들던 산
한 짐의 나무 다 할 즈음이면
산허리 감싸 안는
힘찬 화통 연기
기차 꼬리는 여운을 남기고

들려오는 뚜우우 정오 사이렌
갈퀴질로 깨끗해진 뱃속을 시장기가 긁는다
벌건 산
할 일 없이 올라 산 너머 동네에 싸움 걸던 산

그 해 장마,
산 밑 옥이네를 전설로 남긴 산

어녹인 잔설 위에 토끼 발짝 노루 발짝
군불 연기 어스름 중턱에 걸리고
어둑해진 동리 개 짖는 소리 유난하다

녹음 짙어질 때면

어릴 적 배고픔이 생각난다

그 시절

구들장 업어주던 긴긴 농한기 겨울
따끈한 사랑방을 내어주고
밤참 챙겨주던 그런 시절 있었지

김서방 늦둥이 영식이 잔칫날 잡은 후

어떤 집은 콩나물시루 앉히고
숙주나물을 앉히는 이웃이 있는가 하면
'국수관' '막걸리 한 통'
옷가지를 사주고 '스텐 요강'도 사주었지

장작을 나눠 국수 삶는 화목으로 쓰게 하고
서로서로 어우르는 시골 잔치
돼지 잡고 순대국 끓여
전날부터 마을은 축제 분위기로 들뜨는 거야

동리 어귀에 가마가 들어오면
벌써 꼬마들이 파발을 전한다
초례청 두엄자리 질펀해지고
첫날밤 신방 차린 방문에 침구멍 뚫리면
마을 처녀, 총각 달뜨는 밤 깊다

이듬해 가을 즈음이면
고추잠자리 앉은 바지랑대 빨랫줄에
무명 기저귀 펄럭이겠지

꽃 피는 여로

안 개울 진 밭에
뽕나무 심던 그 해

찻길 곳곳마다
바다 건너 외국 돈
명주실로 옮아오자
현수막 지천 펄럭였지

빈곤 벗는 꿈 가득한 스무 살
입대 영장 가로막던

그 해 겨울 폭설
혹한기 곡사포 사격훈련
구멍 난 참호 속 보초를 서도
마음은 산 넘어 없는 길도 만들어
뽕밭 두엄 내러
번개처럼 고향 간다

일지뇌* 뽕잎 눈 벌어지면

울 엄니

걱정이 태산일 텐데

생전 처음 보는 누에는 어찌 치누

꽃 피는 여로

군홧발 소리

함성 소리에 메아리 깊다

짚신

생전에
구두 한 번 못 신어본 아버님

짚신과 까막고무신만 신으시다 가셨다

밤이면 등잔불 아래 짚세기 삼으시던 아버지
하룻밤에도 몇 켤레씩 만들고
이웃 분 몫까지 챙기시던 손길

아버지 생각이 나면
먼저 짚신이 꿈틀댄다

할 수 있다면 지금이라도
유명메이커 구두 한 켤레
하늘나라 택배로 보내고 싶은

땅끝마을

해남의 땅끝마을
전망대 반겨주고

지친 몸 피곤함을
땅끝에 올려놓고

보길도
오가는 배를
바라보다 잠든 밤

토담집

황토로 빚은 벽돌 봄볕에 말리어
흙냄새 풍기는 토담집은 어떠리
밤이면
등잔불 밝혀놓고
시 한 수는 어떠리

고요 겨운 뜰에 귀뚜리 슬피 울고
처마끝 걸친 달빛 옛 친구 새롭구나
그리워
그리워함을
달빛이나 알 테지

가설극장 가던 길

가래질 논두렁에 신발이 깊이 묻혀
갈 수도 올 수도 없는 영화 구경 가던 길
개구리
울음소리는
달빛에 잦아드네

보지 못한 영화 구경 마음만 부풀리고
만개한 아카시아 그 향기 안개바람
영사기
돌아가는 소리
구경꾼 박수 소리

성옥이와 함께한 밤길은 으슥한데
할 말도 없고 듣고픈 말도 없는 어색함
소쩍새
우는 소리가
들린다 말을 걸까

청솔가지 타던 마을

초라한 초가 끈끈이네 집

청솔가지 타는 연기가 자욱한 마을을 덮던
가난한 사람들 모여 살던 마을에 나무조사 나올 때면
끈끈이네 집은 영락없이 조사에 걸린다
그때마다 里長이 나서 그를 도왔던 일 어렴풋하다

자전거를 타고 산림청 면서기들이 마을로 들어오면
끈끈이는 겁부터 나던 시절이 있었던 거야
가난한 집은 '청솔가지'를 때는 추운 겨울이 되고
넉넉한 집은 미리 갈무리했던 칠월비*란
잘 말린 나무를 때며 살았지

어릴 적 환경 탓일까 끈끈이는 성장하면서 밀주 조사
원 흉내를 내느라
마을 집집마다 뒤란을 돌며 종이와 연필로 적발하는
흉내를 내며 정신 나간 짓을 하더니

언젠가는 헌병 복장을 하고 경부선 호남선 열차를 누비며
휴가병들을 괴롭힌다는 소문이 있던 후로 생사가 묘연하다

그가 살던 초라한 집터엔 현대식 마을회관이 들어서고
끈끈이의 안부는 알 길 없다

다만 매캐한 청솔가지 연기 하늘로 피어오르던
그때 일만 생각날 뿐이다

* 음력 칠월에 풋나무를 가져다 잘 말린 땔나무

능내역

기적소리 사라진 능내역(陵內驛) 있다
물질문명에서 도태된 이 역은
전설에만 남을 흑백 사진
추억만 걸린 초라한 역사

레일은 녹슨 채로 길게 누워 있다

석탄을 싣고 시멘트를 싣고 청량리 서울로
전성시대를 맞은 세월도 있었으리
설레기도 하고 눈시울 붉히기도 했으리
이제는 아무도 알아주지 않는 전설이다

하, 오늘은 일진이 좋은 날인가
주변이 온통 인산인해다
역 뜰에서 통기타 동호인들의
고래사냥 노래로 날개를 단다

흐르는 사연들을 실어 나르던 철길이지만
'자 떠나자 동해바다로 삼등 삼등 완행열차 기차를
타고~ 오~ 오~'
꾸역꾸역 모여드는 인파
달과 별을 불러모아
그야말로 신명 나는 한판이 벌어진다

잠든 능내역은 환상의 꿈을 꾼다
기적소리 울리며 달려올 것 같은 열차의 꿈을

너도 네가 아니란 걸 안다

너는 엄마와 포옹을 하고
나는 네 아이를 번쩍 들어 안아보고 헤어질 때
네 눈에 흐르는 그 모습을 애써 보이지 않으려 했지
공항에서 廣州까지 오는데 수십 번 눈을 훔쳤다

열네 시간 걸린다는 뉴욕행 비행기
어미는 그렇다 하더라도 그 어린아이는 무슨 영문이나
알고 가는지

수억만 리 지구 저편에서 열두 시간 늦은 시차로
네가 낮일 땐 나는 밤이고 내가 낮일 땐 너는 밤이겠지

궤도를 타고 도는 세월
몇 년이 될지 몇 십 년이 될지 알 수 없겠지만
그 아이 앞날을 생각하면 너도 네가 아닌 걸 안다

어차피 한세상

인륜은 인륜대로 천륜은 천륜대로 흐르게 두자
네가 늙고 그 아이가 아범 되는 일 세월이 만들 것이고
우리에겐 그 세월이 선생님이 될 것이다

나들이 1

초등학교 4학년 때 처음
버스를 타고 안성(安城)엘 갔다

외가댁 다녀오라고

됫병 신문지로 둘둘 말아 들려주시며
조심해 다녀오라던 어머님

그 술병 깨질까 조심하며
어디서 내려야 하나
어디로 가야 하나

망루살이 같은
어두운 터널을
칠십 평생 그 술병 놓지 못하고
지금도 나들이하는 중이다

나들이 2

고향에 다녀왔다

벌초 때 내려가면 물고기 잡아 추어탕 끓여
지나가는 사람 불러들여 함께하던 친구

태어난 집터는 온데간데없고
4학년 때 아버지가 지은 집은 고추밭으로 변하고
내가 지은 작은 흙벽돌 집터엔 상수도 저장탱크 들어섰네

고추 마늘 참깨 망설이지 않고 나누는 고향 친구
바람으로 잉태한 들녘엔 물큰한 나락 내음
며칠 후면 타작을 한다고
콤바인 시동을 걸어보는 상진 아버지

새벽안개 속 멍석지고 외랑지고
타작마당 나가던
두레꾼들의
땀내 나던 그때 그 시절은 옛날이야기

기차표 고무신

새로 산 고무신 행여나 닳을세라
맨발로 칙칙폭폭 뛰어다니던 학교길
과수원 옆길 배꽃 냄새로 배불렀지

새로 산 신발 발뒤꿈치 까질까 봐
솜뭉치 대고 신던 그 옛날 그 시절
뻐꾸기 배고픈 소리 바람 타고 실려 오네

울 할머니 하얀 고무신 들창코 엄지 구멍
찢어진 신발 때우면 두어 달 더 신겠다고
땜장이 오기만을 손꼽아 기다린다

중죽(中竹)

담배쌈지 펴시다 말고 중죽을 후벼오라고 하신다
뼘 반 남짓한 담뱃대

대꼬방 다리는 진액이 엉망이고 댓구멍이 좁아
뼉뼉 빨아도 시원치 않았을 것이다

튼실한 새꿰기*로 니코틴을 뺑 뚫어드리니
대꼬방 다리에서 순써리** 익는 소리 자글자글했지

일본 순사가 추녀 아래 순써리 엮어 매단 걸 보고
주재소로 연행하셨단다

주권도 없던 나라

세상일도 자글자글

주름도 살도 자글자글

니코틴 익는 소리도 자글자글

중죽 같은 세상을 살다 가신 외할아버지

* 띠·갈대·억새 등의 껍질을 벗긴 줄기
** 담배의 순을 말려서 썬 것. 질이 낮은 담배

별난 입덧

베트남에서 시집온 아낙이 심한 입덧을 하는데
차마 볼 수가 없다

몸이 9킬로 빠지는 심한 입덧을 하며
밤마다 꿈을 꾸는데
베트남 친정 가서 맛있는 음식을 먹고
어릴 적 소꿉놀이와
엄마 품에 안기어 엄마 내음 맡는 꿈을 꾼다

친정엄마한테 전화를 건다
엄마 나 입덧이 너무 심해 죽을 것 같아요
9킬로나 빠졌어요

야야 찔찔대지 마라 이 세상에 입덧으로 죽은 사람
아직은 못 봤다
하시면서 힘들면 한 번 다녀가라신다

꿈속에서만 그리던 친정

뭐든 허겁지겁 먹어 치우는데
밥 세 사발을 단번에 먹었다
입덧은 간곳없고
거짓말처럼 멀쩡하니 말이다

황소가 울던 날

아버지는 송아지 딸린 암소를 끌고 장에 가
송아지만 팔고 어미소는 외양간에 매셨다

새끼 찾느라 여물도 안 먹고 고삐 끊기도록 나대며
밤새도록 울어대니 동리가 온통 시끌하다
장에서 팔린 송아지는 옆 동리 김서방이 사 갔다는데

몇 날 며칠
송아지가 울면 어미소가 울고
어미소가 울면 송아지가 우는
안개 자욱한 새벽

참다 참다 참지 못한 이웃집 아비 황소가
안개 속 하늘이 깨지도록
크게 한번 울어 젖히는데
우~움~머어

그 웅덩이

엄동설한에도 김 모락모락 나는 웅덩이 있다

둑방 밑 논 귀퉁이 샘터
양잿물에 삶은 빨래 한 자박지 데운 물 한 통
시린 손 데운 물에 담그며
비벼 빨고 방망이로 두들겨 빤다
찌든 때 국물에 씻겨가듯
방망이 춤을 출 때마다 시린 아픔

지독한 양잿물이 있고
지독한 강추위가 있고
지독한 시집살이가 있다

웅덩이 물 다 흐려놓고
오금 저린 허리를 편다

바다 나들이

눈이 시리도록 빛나는 은빛 바다
차례로 밀려오는 검푸른 파도 속에
부서진
물거품만 남는
경포대의 백사장

드리울 그물 손질 어부의 부푼 마음
고깃배 떠나는 길 가도 가도 수평선
대포항
확장 고사장
갈매기만 외롭다

한계령 굽이돌아 정상에 올라
산 아래 바라보니 아찔한 기암인걸
언제든
또다시 올 땐
진부령도 넘으리

댓돌 위에 흰 고무신

어머니가 할아버지의 흰 고무신
지푸라기 수세미로 깨끗이 닦아
댓돌 위에 가지런히 놓으신다
아마 내일은 장엘 가시려나 보다

학교 길목 느티나무 그늘 아래
약장수 마이크 왕왕대는 그곳
어머니가 싸준 밀떡을 가지고 할아버지 기다리신다

누르스름한 베 중의적삼에 낮달처럼 뽀얀 고무신을
신으셨던 할아버지

밀떡은 꿀떡처럼 넘어가고 꼭꼭 씹어 먹으라신다
이날 모습이 세상에서 제일 멋져 보이셨다

약장사 구경이라면 빼놓지 않으시고
오늘은 내 손 꼭 잡으시고 장 구경시켜주시며
사고 싶은 것 사라시던 고요한 할아버지
수놈 한 마리와 암놈 네 마리의 새끼오리를 샀다

넙티 골짝 햇싸리, 아카시아 가지로 발 엮어 오리장을
지었지
날마다 일어나 오리알을 꺼내면서
할아버지 흰 고무신과 흡사하게 닮은 흰 오리 알

생의 반환점을 지나온 지금도
새끼오리를 샀던 백암장과
댓돌 위에 놓였던 흰 고무신이
아직도 눈에 선하다

똬리

복사꽃 살구꽃이 햇살을 먹는 봄

동동구르무 브로치 머리핀 빨래비누
보루박스 안이 비좁다

안챙이, 돈의실, 기느리
이 마을 저 마을로
똬리 하나 받쳐 이고
둥둥 떠다니는 구름

청상(靑孀)에 홀로 서기
자식들 키워낸
상머슴 우리 어머니

장마당 워낭소리

삯 마차 워낭 울리며 시골장에 간다

바리바리 짐 싸 동리사람 울력으로 가는 장
축제장이 따로 있나
장 가면 사연 많은 일 탈도 많다
순덕엄마 점 뺀다고 양잿물 뜸 뜨고
마늘 두어 접 값 다 내어주었다
빨간딱지
바람잡이 홀림에 한 달치 양식 다 털린 순종이 박서방
걸음 속 워낭 메아리 섧다

그래도 장날은 뭇사람들 많아 좋고
막걸리 순댓국 있어 좋은겨
약장사 빈말에 이름 모를 약 속아 사도 좋고
싸구려 신발 고르다 한나절 가도 좋은겨

돌아오는 빈 마차 축 처진 황소 거시기 떨어질 것 같다고
동네 아낙들 소문에 노을도 흥이 겹다

진성아범 소 판 돈 잃을까
마나님 뒤 그림자 세워두었던

워낭소리 짙게 깔린 고향
지금도 그 소리 앞 산자락에 걸렸을까?
그 소리 그립다

말매미

얼마나 기다렸나 질고의 긴 세월
그 두엄에서

등짝이 툭! 터지던 날
말매미 되었네
달포쯤 가는 하 시간이
생의 전부인 것을

대지가 본향이요 숲속이 이생인데

어쩌자고 이파리마다
붉은 울음 곰삭혀 두고

두둥실 청등 속으로
날아가면 그만인 것을

나 두서없는 지공의 여문 소리 만장에 보내노라

장난감 소방차

진열장에 엎드려 있는 세월 십여 년 되었네
방바닥과 거실바닥을 주름잡던
빠알간 소방차

이역만리 뉴욕에서 차주인 찾아왔네
강산도 한 번 변했을 세월
훌쩍 큰 키 의젓한 변성

무릎이 아파도 붕붕붕 좋아했던
주인을 만나 진열장에서 내려와
뉴욕행 비행기에 함께 이륙하던 날

할아버지 할머니
그마저 떠나보내는 장난감 소방차
진열장 안이 휑하다

잠자리의 휴식

대합실 창문 밖에 잠자리 유연하다
저마다 바쁜 길손 갈 길을 서두는데
네 날개
내려뜨리고
경전을 외우는가

세파에 젖은 날개 애처롭기 그지없다
계절이 다시 오면 해탈한 자연의 삶
한 생이
젖고 마르는 일
너만은 아니더라

제4부

열 길 물속

열 길 물속

열 길 물속은 열 길이 전부이지만
한 길 사람 속은 우주보다 깊은 것을
사람아
어찌하여 너는
열 길 속만 들여다보느냐

지난 꿈

피고 진 자리마다 옛날이 그리운 건
한번 간 그 자리 돌아올 줄 모르고
목 길게 빼 들고 하늘만 쳐다본다
흐르는 것이 어찌 세월뿐이라더냐
인생의 한 자락 흐르고 밀려가도
지는 해 붉은 노을이 빠른 건 세월인데
산 너머 산 있고 강 건너 강 있어도
강산은 유구하고 먼저 온 건 세월인데
재주를 넘고 넘어도 그 자리가 제자리

운명

바람에 불려 왔나 세월에 실려 왔나
헐거운 인생살이 날려버리고 밀려온 삶
종착역 문 열리면 미련 없이 내려야

해넘이

구름이 가는 걸까 바람이 가는 건가
주야장천 흐르고 흐르는 세월
어느새 해넘이 궁리를 서둘 때가 되었나니
여름이 가는 것인지 가을이 오는 것인지
역사는 가고 오고 인걸은 나고 죽어
순리의 수레바퀴 돌고 도는 사연을

오늘도 그 속으로 버무리는 하루

흘러가는 것

흘러가는 것이 어찌 세월뿐이랴
흔들바위도 울산바위도 용바위도
억년의 한을 품고 선 채로 앉은 자리에서
태고의 꿈을 꾸는

흘러가는 것이 어찌 강물뿐이랴
가다가 가다가 흘러 흘러가다
바다가 품 내어주면 그마저 바다 되는 것을

곡운구곡

곡운구곡 좋다 하여 내 오늘 와봤노라

첩첩산중 산세 좋고
맑은 물 너럭바위도 좋아라

매월당 김시습이 반하고
김수중이 평생을 이곳에서 지냈다지요

물고기 구름 속에 놀고
물소리 꼭꼭 채워 아득히 흐른 세월

빼곡한 장송들은 선비들의 넋인 양
널널한 멍석바위 시 한 수 내리던 곳이
구연세월은 아니었으리

산 그림자 길게 눕자
어둠이 일어서고
컴컴한 밤하늘은 별들의 세상인걸

물소리 벌레 소리에
환생하는 여름밤

어머니 따라가는 길

수정사 인경소리
새벽닭 울려놓고
종달새 노고지리
하늘 높이 기지개 펴는데
어머니 따라 나선 길
새벽기도 가는 길이었네

평생을 기도와 사신 어머니

주인 잃은 작업신발

몽골 연인 작업복
베트남 아줌마
주인 잃은 작업신발
먼지만 쌓여 외롭다

개 끌리듯 끌려간 후
社主는 여권 가방 남은 임금 챙겨
인천공항 출입국으로 불려간다
죄인 된 祖主 고분고분 말 잘 듣고
벌금 딱지 손에 들고
사색이 되어 나올 때

몽골 아줌마도 베트남 아저씨도
덩달아 부끄러운 울음 울 때
삶에 욕망은 양심도 찢고 나왔지

모두가 이방인이오
이 길이 살길이라고
거칠고 힘겨운 일 하다
하늘 높이 날아갈 고국
원치 않는

부모와 아내가 있고
귀여운 토끼들이 있는 곳
어떻게 갈 수 있을지

부끄러운 울음도
찢긴 양심도
삶에 욕망도 허공에 매어 달 뿐이다

독학 인생

강의록 책값 마련한다고
십리 새벽길 나뭇짐 지고 팔러 간다
빈 지게 지고 돌아오는 길 온통 내 세상
산모퉁이 친구들 재잘재잘 학교 가는 자전거 소리
지게 진 채로 솔팡나무 뒤에 숨었지

집배원이 전해 주던 강의록 종이 냄새
사과 상자 엎어 책상 삼아 공부하던
석유 등잔 그을음에 코 검어지던 밤
그런 시절이 있었지

적게 배웠어도 배운 것보다
더 많이 써먹는 사람이 훌륭하다는
신앙 같은 그 말씀에
절로 신명이 나던

평생을 흔드는 애옥살이
남의 나이를 살아가는 만학이 되어
교수님 앞에 공부하게 되니
꿈은 아니고 생시임엔 틀림없는데
가천대학 평생교육원
詩 창작반에 등록하고

겨자씨만 한 보람
언덕배기
언어의 밭
하늘 원고지

갈매기

지평선 너머
밀물 서서히 밀려온다

갯벌 쓰레기
어망에 발 얽히어 날지 못하는 갈매기
불어나는 물에 퍼드덕대던
몸

안간힘으로 사투해보고
부리만 하늘로 하늘로
끝내 물속 날개 힘없이 꺾는다

동료 갈매기는 아는지 모르는지
주위를 맴돌다
고깃배 따라 훨훨 날아가는
삶과 죽음 사이
이정표가 없다
송도 앞바다는 초연하다

도마

뚝섬시장 입구 생선가게 앞
아름드리 통나무 도마 있다

움푹하게 파인 자리
바닷물고기 올라와 바다도 함께 잘려
잠묵해지는 시장통
파이고 깎인 만큼 비릿함이 두툼하고 깊은
도마 하나로 아들 딸 공부시켜 보냈으니
바다를 얼싸안고 고해성사라도 하고픔이여

부엌에 놓인 작은 도마 얕잡아 보지 마라
주목나무 여물고 단단하여
지진처럼 진동하는 칼바람 받아가며
칼은 도마 먹고
도마는 칼을 먹으며
가족 건강 지켜 섬겨온 삶이 크지 않더냐

처음 가는 부산 출장

새벽잠 눈 비비고 나서는 고속도로
사이다 맛 새벽공기 별빛도 찬란한데
재를 넘고 강을 건너 항도 부산에

시집가는 색시처럼 여며오는 이 마음이
처음 뵈는 낯선 얼굴 마주치는 따스한 눈

꼭 잡은 굳은 악수 오늘의 열매였고
주고받는 명함 속엔
내일의 희망 되리

소래포구

발 디딜 틈 없는 질퍽한 시장통
골목마다 꽃게 풍년이다

눈부신 은갈치
광어 우럭 주꾸미, 모두 풍성하다

바다가 고향이었던 놈들이
이 모양으로 또 다른 세상을 본다

죽은 놈은 좌판대에서
산 놈들은 고무다라에서
영문 모르고 옆걸음질 치는 몸값 좋은 꽃게

꽃게 가게 앞에서 한참 망설이고
고민만 하다 사지 못하고 돌아서는
할배가 있고 할매가 있다

소래포구는 때깔 번질번질한 갈매기들의 무릉도원,

언제나 북적대는 포구 사람들

사람 냄새 풍기는 삶의 현장은 소래포구만은 아니리라

마른장마

바람에 나뭇가지, 꺾이고 찢기고 도랑물이 범람한다
와이퍼를 빠르게 움직여도 시야는 답답할 뿐

길 가장자리로 피한 차들은
움츠린 두꺼비처럼 조용하고
붉은 차폭 등엔 지렁이같이 빗물 빠르게 흘러내린다

산모퉁이 돌자 뭐여 한 방울도 안 왔잖아
도로는 보송보송한 채 등성 너머에
천둥 치고 번개 치던 촉수(促壽)를 모른다

마른장마
저만치서 달려온 생뚱맞은 생
베란다 활짝 열어놓고 온 것과
강아지 걱정만 했을 뿐

길 따라 내비 따라 굽이굽이 산길 칠십 리

성자 나타나셨네

촛농이 흘러내리듯 유성이 머문 자리
유대 땅 베들레헴에 동방박사 모여드는
캄캄한 세상에 파문이 일기 시작했지

깜짝 놀란 헤롯왕 하나님은 안중에도
전전긍긍 저 살 궁리에 고을마다 통곡 소리
예수는 타향 나사렛마을 사람 되었네

가시는 곳 어디든지 인산인해 이루어도
기사와 능력 병 고침 이적이 없었으면
오호라 선생님으로 그 누가 모셨을까

아버지,
고난의 잔 마다하지 않으시고
울면서 뼈를 깎던 감람산의 기도는
영혼의 괄약근이 붉다 못해 서러웠다

세상에 칼을 주러 오신 주님 오~ 주여

객토한 세상을 옥토의 밭을 갈고

포도원 농부들이 탄일종을 울립니다

사랑 道

나를 사랑한다고
이십 년이 넘도록 짝 달라붙어 사랑한다며
긴 세월 홀리더니
고작 너는 심장마저 만신창이를 만들고
기어이 스텐트 세 개나 심어놓고
그 사랑이 달콤하고 행복하더냐

혈압을 높이고 혈당을 높이더니
심근경색마저
이놈들이 아주 작당을 하였구나

그래
어디 변치 않을 사랑 뜨겁게 한번 해보자
피골이 상접해지고
위기가 닥친다 하여도

작대기로 쓰는 글

재잘거리며 학교 가는 모퉁이 길
쩔그락 쩔그락 자전거 소리와 친구들 목소리
차마 얼굴을 마주칠 수 없는 자욱한 아침
지게 진 채로 솔팡나무 뒤로 뛰어든다

헐렁한 잔등 솔잎 묻은 머리
등에 짊어진 지게 절걱절걱 운다
아버지는 절름절름 이 길을 다니시고
아들은 이 길 위에 앉아 ABCD를 쓴다
마음 판에 새길 새로운 낙서를 준비하며
지게작대기로 흙 위에 글을 쓴다

언제나 머릿속엔 커다란 칠판이 있다

물 위에 이는 바람

샛강물은 앞가슴 풀어 산 그림자 끌어안고
물 위 떠오르는 듯 드러난 추함과 죄악은
개개비가 울고 물닭이 자맥질하는 강가에
너와 나
서로의 본색을 감추려 애쓴 적 있었지

모락모락 피어난 물안개 강둑길을 서성이며
산발한 물안개 바짓가랑이로 지우고

막 피어나는 높새바람 마파람에
속절없이 조각난 관절을 흔들고 있다

산자락에 걸친 달빛
별빛 쏟아지는 강 언덕에서
흔들리는 갈대를 본다

너와 나 바람 속에 누워 떠나왔지만

비개질하며 어깃장 부리던 언덕은 모른 척

시치미를 떼고

나그네

발길 닿는 곳
쉴 곳 어드메뇨
꿈같은 세월

새벽

새벽닭 울음 홰치는 소리
수정사 인경소리 스님의 염불 소리

할아버지 기침 소리
가마솥 쇠죽 뒤적이는 소리

귀뚜라미 1

가을 전령사로
영글어가는 울음 있다

달맞이 꽃대 아래서
풋벼 바심하던 들마당
귀목나무 아래 해 질 무렵이면
자욱하게 깔리는 그 소리
풍요로운 들판 어우르고

잠깐 떴다 지는 눈썹달
어스름 속 초가집 부뚜막에서
쇠죽 솥 걸린 사랑채에
뜰아래 풀밭
어김없는 울음 있다

배고픈 시절 혈혈단신 무작정
서울로 가신 삼촌이나

입 하나 줄인다고 어린 누이 남의 집 보낼 때

그 소리 애잔하였다

환청에서 벗어나지 못하는 밤이면

차라리 귀뚜라미 되어 함께 운다

귀뚜라미 2

긴 장마 지루해 공장 뒤에서 울고
오는 가을 서러워 풀섶에서 우는가

귀뚜라미 뚜르르 달빛 흔들면
대성정밀 볼트기계
뚜루루 연달아 나사 제품 찍어대고
기계 소리인가
벌레 소리인가
공장 뒤 고양이 세운 귀가 수상쩍다

야근수당 푼푼이 모은 '살우발랄'
고국에 아내에게 뚜루루 전화 돌리더니

이내 풀죽어 뚜루루 뚜루루루
눈물 글썽이는 혼자의 목멘 소리
탄식 소리

밤은 깊어만 가는데

한계령

한계령 굽이돌아
정상에 올라

산 아래 바라보니
아찔한 기암괴석

언제든
또다시 온다면
진부령도 좋으리

시루떡

동짓달 어둑한 초저녁
조씨네 고사떡으로 허기진 시름을 다독이는 사랑방

나이롱뿅이며 육백을 치다
소리를 높이고
왜수뿌리 용구 박서방 막내아들 국제결혼 얘기와
절터골 신덕씨네 쌀 소출이 많이 난 까닭은
쫓기다 수렁에 빠져 죽은 도둑 때문이라느니

동리사람 마음 들뜨게 하는
버스가 들어온다는 얘기들이
담배연기 따라 방안 가득 피어오른다

오이 가지 채소 몇 단
달걀꾸러미 동부 몇 움큼 담아 들고
손자 과자 값이라도 번다고
버스에 오르는 안골 할머니

옥수수 감자로 멍석자리, 정겹던 날들
이제는 버스에 실려 장터 외지로
명지바람 뒤집어쓰고 술술 새나간다

어둠이 내리기 시작하면서
동네 가로등은 대낮처럼 환한데
멍석은 곳간 시렁에 얹혀
먼지 켜켜이 내려앉고
사랑방 한가운데 꿀맛 같던
시루떡은 영영 보이지 않는다

목련

노고지리 우짖는 파란 하늘

교회당 울타리에
하얀 목련 눈부시다

가는 이 오는 사람
마음 문 열어주며
힘들고 무거운 짐 진 사람들
다 와서 쉬라 하네

목련처럼 화사하고 고운 삶
살라 하네

이긴 자 되라 하네

그 집 앞

정월 되자
은행나무에 까치가 집짓기를 시작했다

달님도 별님도 지켜보는 집
달포쯤 지나서야 집처럼 보인다
호양 구부정한 가지를 물어오고
깃털을 물어 나르더니

아늑하고 포근한 집 되었나 보다
까치소리 까악 깍
오늘은 새집으로 들어갈 모양이다

아카시아꽃 피고 미루나무 잎 어우러질 때면
귀여운 새끼들 데리고 세상 나들이 나오겠지

사랑 나눔의 집

무슨 사연 그리 많아
청승 한을 엮는가
무궁화 세 개 계급장의 어사화도 순간이었을 박씨 아저씨
대대로 올곧은 학자의 어사화도 꿈이었을 이씨 아저씨
단종 유배지 노송들이 무심하다

서울 쪽으로 뻗은 고목은
열반의 방석이었을 게다
바로 위 묏자리에 나침판을 고정시켜
거기에 사랑 나눔의 집을 짓고
방구들의 따뜻함으로 누적을 벗는다

하여 날로 속사람은 새로워지고
영혼으로부터 풍요해지는
거기 사랑 나눔의 집
청령포의 물소리 바람소리
술 한 잔에 시 한 수로 떠나가는 김삿갓
방랑시인의 詩 한 수로 위로가 될 수 있다면

싸릿골의 태동

싸릿골의 아침 이슬 옹골차다
태양이 뜨면 증발하고 말 이슬이지만
아침은 이렇게 시작된다

반세기 만에 보는 눈들이
이슬처럼 영롱하다

하늘의 비밀이 선포되던 날
철저하게 부서지고 깨지고 찢어지고 뭉개져서
가슴마다 촛농이 흘러내리는
태양을 잉태하는 어둠이었으리

불타는 싸릿골에 역사가 그려지던 날
요람에서 하늘까지
구구절절 부끄러움뿐
나는 내가 아니란 걸 안다

그날 밤

호두나무 우듬지 사이 별빛은

유난하였다

(2009. 8. 5. 밤 집회를 마치고 나서)

꽃전차

때로는 저 무덤들이
편안하게 느껴질 때 있다

개똥밭에 굴러도 저승보다 이승이 낫다던데

굽이굽이 인생굽이 거쳐 가는 간이역
울 엄니 타고 가신 꽃전차

울 안 넓던 울타리 안도
간이역 제비집만 못하고
그 길이 망망대해라도
이내 좁아지는 걸 어찌하랴

아직도
꽃전차 잊은 적 없으니
무소부재요 무소불능이 아닌가

화도화

꽃 피어
달래 열고
다래 피어 목화 여니

큰딸 원앙금침 혼수 걱정 없는

씨앗 소리 정겨운

깊어가는 겨울밤

일일교사

스승의 날
자양고등학교 3학년 6반
담임선생님께서 일일교사 하라신다

교실에 가득 찬 학생들 꿈의 요람
칠판에 큰 글자로 숫자를 쓴다

526545 중앙강의록 학생번호라고 소개하며
독학이란 외롭고 고독하며 험준한 길이며
혼자서 집을 짓는 것과 같지요

인간은 누구나 태어날 때는 맨주먹에 알몸뚱이가 아니
던가요
그러나 배웠느냐 못 배웠느냐에 따라
귀천이 생겼고 승패가 생긴 것이지요

나는 독학으로 공부할 때 암기과목은 꽤 한 것 같아요

시조 시 12편을 암기로 낭송하자 교실은
적막강산이었어요

이들과 눈이 마주칠 때 수렁에서 올라오는 듯
신명이 발동하는데

학생 여러분 공부도 때가 있습니다
할 수 있을 때 원도 한도 후회 없도록
줄기차게 해보세요
가방 속에 들어 있는 교과서 다 외울 때까지

  나는 선생님과 마주 보며 공부하는 것이 소원이었으니
까요

워낭

재 너머 콩밭
골 타는 워낭소리
소 모는 소리

여름

연잎 넓어지고
말잠자리 살찌는
경안천 습지공원

을숙도

갈대 물결
동백꽃 여울지고
을숙도 철새 도래지
하늘이 무겁다

낙동대교 민물과 바닷물이
팽팽한 경계
사금파리처럼 부서져 내리는
은하에 별빛 반짝이는 갈대꽃
을숙도 철새도래지

너나들이* 갈대숲이
지피는 바람 소리에
별들도 잠이 드는 을숙도
낙동로 하구언길 조용한 것이
어찌 바람뿐이랴

* 서로 너니 나니 하고 부르며 터놓고 지내는 사이

해설

전통적 서정과 감각의 생동성

문복희(가천대 교수)

우석 한기수 시인은 2007년 한겨레문학에서 시 부문 신인상을, 시조생활사에서 시조 부문 신인상을 수상하면서 등단했다. 그는 아호 우석(牛石)처럼 소와 바위의 특성을 지닌 시인이다. 어진 눈과 슬기롭고 부지런한 힘과 유순하고 인내심 많은 소의 덕성을 지닌 시인이다. 또한 윤선도가 〈오우가〉에서 "변치 않는 건 바위뿐이라"고 예찬한 것처럼 한기수 시인의 한결같은 성품은 바위(石)의 불변함을 닮았다. 이러한 그의 성품은 작품 속에 반영되어 시 전편의 주제의식으로 확산되고 있다.

한기수 시인은 등단 이후 15년 동안 쉬지 않고 창작활동을 해왔다. 아울러 초우문학회 초대 회장과 광주 너른 고을 문학회 회장으로 수장(首長)의 역할 또한 훌륭하게 수행했다. 이러한 그의 문학 활동과 함께 꾸준히 창작해 온 시편들을 모아 이번에 첫 시집《여름은 호박처럼 늙고》를 출간하게 되었다. 그의 투명한 마음이 담긴 한 편 한 편의 작품들은 그가 걸어온 삶의 발자취이며 문학적 숨결이다.

한기수 시의 특징은 전통적 서정의 세계와 고향의 따뜻한 정서다. 그의 시는 따뜻한 고향의 정서를 살아 있는 감각으로 재생해내고 있다. 즉 시의 근원이 전통적인 세계와 이어지고 있다. 그의 시는 전통적인 소재와 어울려 소박한 시골 풍경을 그려내고 있는데, 이곳은 그리움의 공간이며, 고향의 원형적 공간이다. 그가 지향하는 고향의 정서는 삶의 긍정성을 창조하는 에너지로 작용하고 있다. 이것이 곧 따뜻하고 평안한 그의 시 세계를 보여주는 원동력이다.

이제 실제 작품을 통해 그의 문학세계를 만나도록 하자.

여름은 호박처럼 늙고

말매미 쓰름매미 울음소리
여름의 깊이를 더하는 한낮
정자나무 그늘 아래
아버지 담뱃대에선
들녘의 벼꽃 냄새 피어오르고

애호박 부침개 사발 농주
등걸잠 깊다

떠나보낸 자식들 조바심으로
족답기 돌리는데
여름은
땀방울 깊은 주름 하나 더 남기고

울타리의 넝쿨 호박
늙어가는…

이 시는 전통적인 시골의 여름 풍경을 한 폭의 그림처럼 그려낸 서정시다. 말매미 쓰름매미 울음소리, 아버지의 담뱃대, 들녘의 벼꽃 냄새, 애호박 부침개, 사발 농주는 여름 한낮의 풍경을 보여주는 전통적인 소재다. 이러한 일상의 소재들이 전통적인 세계와 연결되어 시골 풍경을 만들어내고, 우리를 과거의 추억 속으로 안내하고 있다. 단순하고 평이한 진술처럼 보이지만 이미지 구축이 뛰어나고 회화적(繪畵的) 특징이 잘 드러난 작품이다. 과거의 고향 모습을 현재에도 살아 있는 감각의 생동감으로 끌어내고 있다. 여름이 깊어간다는 시간적 개념을 '여름이 호박처럼 늙어'간다고 표현하고 있다. 물리적 시간의 개념을 넘어서서 시적 시간의 개념으로 접근하고 있다. 보이지 않는 시간의 흐름을 시각적 표현으로 바꾸어 섬세하게 그려낸 독창적인 작품이다.

이러한 전통적인 정서는 다음 작품에서도 드러나고 있다.

깊어가는 겨울밤

뒷동산 부엉이 이슥토록 울어대고
달빛이 내려앉은 초가집 행랑채
사랑방 어르신들
묵 내기 국수 내기
밤새는 줄 모르고
농한기 긴긴밤을 아우른다

사랑방 벽에 매달린 메줏덩이
쿰쿰이 뜨는 내음 풍지로 스미면
할아버지 장죽에 댓진 끓는 소리
희미한 등잔불도 졸고 있는
가끔 들리는 부엉이 울음

쩍쩍 결빙 옥죄는 소리

우리들의 보편적인 정서로 보면, 고향은 사랑의 공간이며 안락하고 정겨운 시골 마을이다. 이러한 고향의 정서는 인간 내면에 존재하는 그리움의 정서와 맞닿아 있으며 가고 싶은 추억의 장소로 이어진다. 부엉이 울음소리, 달빛이 내려앉은 행랑채, 사랑방, 메줏덩이, 할아버지 장죽, 등잔불, 농한기의 긴긴밤, 묵 내기, 국수 내기 등, 깊어가는 겨울밤의 전통적인 시골 풍경이다. 추억의 공간이며 가고 싶은 그리운 공간이다.

고향 정서가 담긴 또 다른 작품으로 〈질긴 세월〉을 들 수 있다.

질긴 세월

까막까치 우지짖는
내 고향 동구 밖

석양빛 노을 따라
감도는 질긴 세월

흐르는 것이

어디 세월뿐이라더냐

일상적인 삶이 시간과 공간으로 이루어진 구조물이라
면 '까막까치 우지짖는 / 내 고향 동구 밖'은 공간적 배
경이다. 2연의 '석양빛 노을'은 해가 지는 공간적 배경
이며 시간적 배경이기도 하다. 그런 석양을 따라 세월이
흐르고 있다. 세월은 시간의 개념인데 변함없이 영원히
지속되는 시간으로 과거 유년시절에도 지금 현재도 질
기게 흐르고 있다.

고향은 과거 유년의 공간이지만 지금도 질기게 흐르고
있는 세월과 함께 이중적인 시간의 개념으로 존재하고
있다. 서정적 배경으로 설정되어 있는 내 고향과 그 안
에 석양을 따라 흐르는 세월이 주제의식으로 연결되고
있다.

한기수 시의 특징은 전통적 서정의 세계와 고향의 따뜻
한 정서로 파악된다. 고향은 그의 유년 시절에 대한 회
상의 공간이며 전통적 서정 세계를 그려내는 따뜻한 공
간이다. 그곳에는 생각만 해도 애틋하고 그리운 대상으
로 황소가 있다. 황소를 소재로 하는 작품을 보면 시인
의 그립고 아련한 추억의 잔향(殘香)을 음미할 수 있다.

소 팔러 가던 날

장날 아침
이른 새벽 콩과 보리쌀 넉넉히 넣어 쇠죽 쑤어
배 빵그레지도록 먹이고
털 반질반질하게 빗질하고
굴레도 새로 짜 한 인물 나게 하고
장으로 끌고 가시는 아버지

백암장 쇠전에 들어서기 전
중개인이 고삐 가로채 끌고 가며 하는 소리
어떤 놈이 먹였는지 소 참 좋다
쇠 방둥이를 사정없이 손바닥으로 후려치며
쇠전거리로 몰고 간다

얼마면 돼?
석 장 반

흥정이 한창인데
소가 꽁지를 치켜들고 설사를 한다
아침에 먹인 것들 다 쏟아낸다

아버지, 영락없이 물먹은 얼굴이다

황소가 울던 날

아버지는 송아지 딸린 암소를 끌고 장에 가
송아지만 팔고 어미소는 외양간에 매셨다

새끼 찾느라 여물도 안 먹고 고삐 끊기도록 나대며
밤새도록 울어대니 동리가 온통 시끌하다
장에서 팔린 송아지는 옆 동리 김서방이 사 갔다는데

몇 날 며칠
송아지가 울면 어미소가 울고
어미소가 울면 송아지가 우는
안개 자욱한 새벽

참다 참다 참지 못한 이웃집 아비 황소가
안개 속 하늘이 깨지도록
크게 한번 울어 젖히는데
우~움~머어

위 작품들은 황소에 대한 이미지가 잘 응축되어 있는 수작(秀作)이다. 특히 시인에게 황소는 심미적 대상이면서 동시에 인간의 성품을 유추해낼 수 있는 매개물이다.

〈소 팔러 가던 날〉에서는 장날 아침, 소를 팔기 위해 장으로 끌고 가는 아버지와 흥정 소리에 반응하는 황소의 모습을 인간의 갈등으로 실감나게 그려내고 있다.

우리 민족은 소를 한 가족처럼 여기며 인격화했다. '드문드문 걸어도 황소걸음'이라는 말은 꾸준히 일하는 소의 근면성을 칭찬한 말로 인간에게 성실함을 일깨워주는 속담이다. 소의 덕성은 순박하고 근면하고 충직하다. 이 작품에서도 황소를 가족처럼 여긴다. 쇠죽도 잘 쒀주고 털 빗질도 잘 해주고, 굴레도 새로 짜주며 아버지는 팔려가는 황소에게 인간에게 하듯 마지막 대우를 잘해준다. 이 시의 끝 연에서 아버지의 흥정 소리를 알아듣고 인간처럼 교감하는 황소는 감정이 있는 존재다. 이별을 예상하는 황소는 인간적인 반응을 보이고 있다. 충직하고 인격적인 황소의 모습으로 그려지고 있다.

〈황소가 울던 날〉은 섬세하고 서정적인 언어로 어미소와 송아지의 이별을 슬프고도 아프게 그려내고 있다. 우리의 삶은 사랑과 이별, 기다림의 정서와 거리감, 만날 수 없는 숙명적인 안타까움 등의 정서를 담고 있다. 이러한 인간적인 정서를 황소의 이별의 아픔과 동일시하여 묘사하고 있다. 적절한 긴장감을 유지하면서 황소와 인간의 정서를 연결하여 친밀한 관계로 이끌어가고 있다. 시 속에 형성된 어미소와 송아지의 부모 자식 간 사랑에 공감하면서 인간의 모성과 동일한 정서를 끌어내 주제의 의미를 확장시키고 있다.

이 작품들은 토속적인 황소를 소재로 내세워 인간 삶에 대한 통찰력을 보여주고 있다. 아울러 황소와 인간의 관계를 통해 사랑의 시학을 지향하고 있다.

황소 소재 작품 중에 권하고 싶은 다른 작품은 〈장마당 워낭소리〉다. 이 작품에도 시골 장날의 풍경과 워낭소리가 짙게 깔린 고향의 모습이 생생하게 묘사되어 있다. 추천하고 싶은 또 다른 작품은 〈짚신〉과 〈기차표 고무신〉이다. 이들은 전통적인 신발을 소재로 하여 따뜻한 서정의 세계를 보여주고 있다. '생전에 / 구두 한 번 못 신어본 아버지'와 '찢어진 하얀 신발 때워 두어 달 더 신겠다고 / 땜장이 오기만을 기다리던 할머니'에 대한 추억을 애잔하게 그려낸 우수작이다.

고향 정서와 풍경을 전통적 서정과 감각의 생동성으로 그려내고 있는 시집 《여름은 호박처럼 늙고》는 한국적인 원형의 요소를 간직하면서도 독자적인 이미지의 변용을 보여주는 작품집이다. 전통적인 생명의식과 서정성, 시어와 일상어의 자연스러운 결합이 돋보이는 한기수 시인의 시 세계는 시의 근원이 전통적인 세계와 이어지고 있으며, 전통적인 소재와 어울려 안온한 풍경을 그려내고 있다. 더불어 작품 속에 그려진 고향의 정서는 삶에 대한 긍정적인 시각으로 작용하고 있다.

한기수 시인은 내면에 전통적인 선비 의식과 바위의 기상을 지닌 지사(志士)적인 시인이다. 냉철하게 진실을 지켜나가는 의지의 시인이며, 인내력과 성실성이 돋보이는 끈기의 시인이다. 한기수 시인은 평생을 대인무기(大人無己)의 자세로 살아왔다. 즉, "대인은 자기를 내세우지 않는다"는 장자(莊子) 철학을 실천해온 겸허한 시인이다. 그의 첫 시집 발간을 축하하며 한국 문단에 빛나는 별이 되기를 바라 마지않는다.